It's an Endless World!

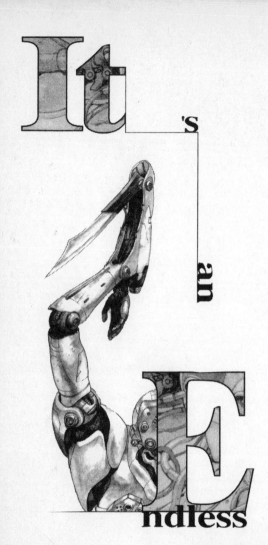

Inhalt:

12. Kapitel	*Overload*	S. 3
13. Kapitel	*Highnoon*	S. 33
14. Kapitel	*Let down*	S. 67
15. Kapitel	*Up Tight*	S. 93
16. Kapitel	*Ich mache gerade einen Fehler (Teil 1)*	S. 123
17. Kapitel	*Ich mache gerade einen Fehler (Teil 2)*	S. 157
18. Kapitel	*Ich mache gerade einen Fehler (Teil 3)*	S. 187
EDEN-hardware		S. 219
Gedanken eines Mangaka		S. 223

„Overload"

*ALGB = AKTIVE LASER - GESTEUERTE BOMBEN

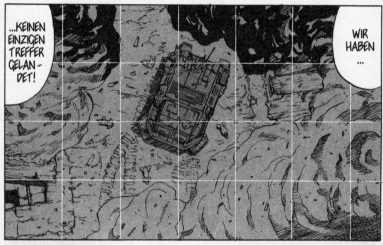

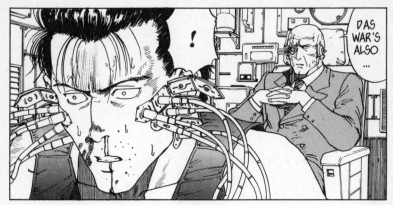

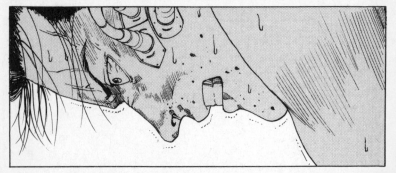

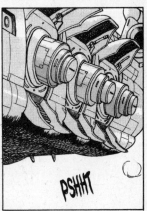

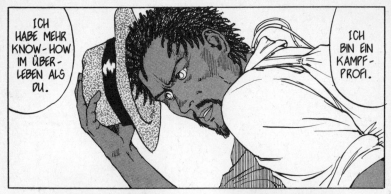

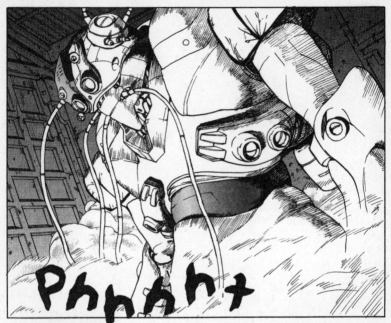

DEINE NETZHAUT IST FÜR CHERUBIM EINE ART SICHERHEITS-CODE.

DAMIT HAST DU SEIN RAHMEN-SYSTEM UNTER KONTROLLE.

JA-JAWOHL.

ALLES KLAR, ELIAH?

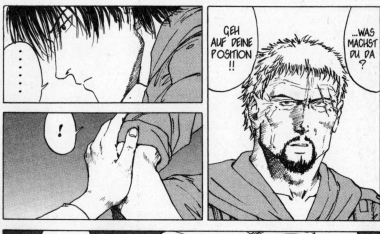

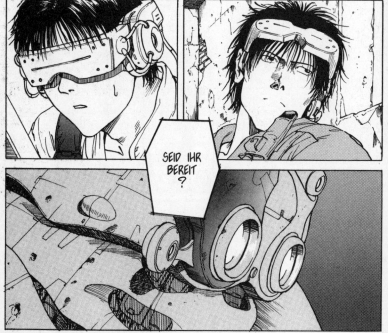

Kapitel 12 - Ende -

„Highnoon"

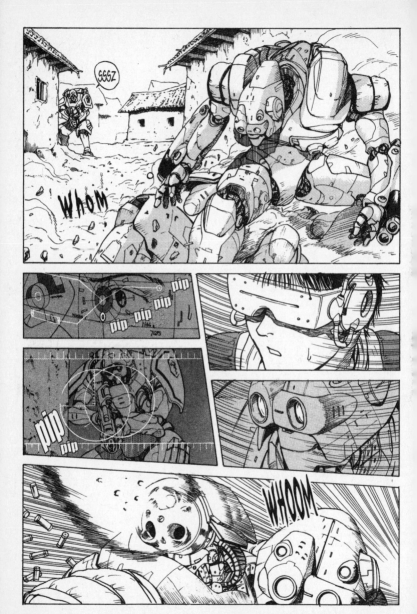

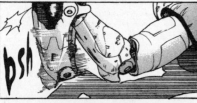

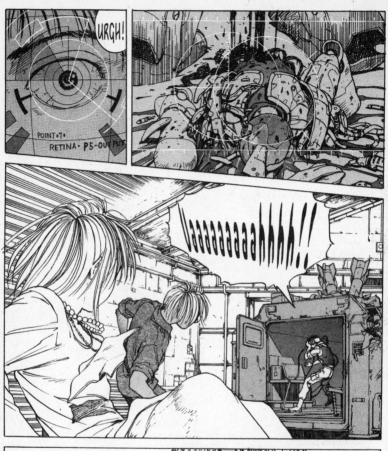

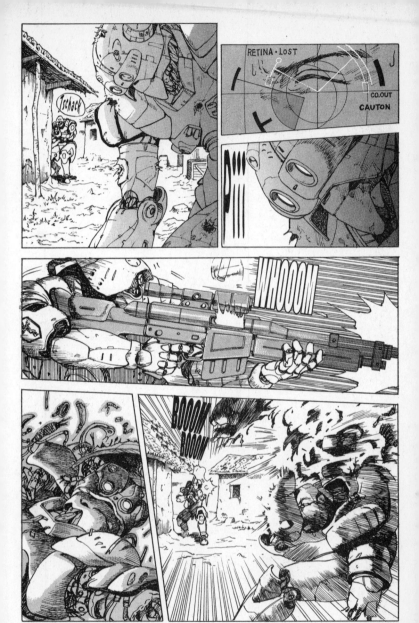

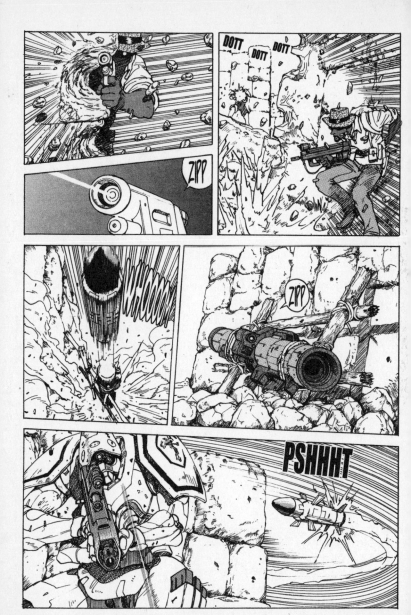

Kapitel 13 -Ende-

„Let Down"

71   *TORAGO = ALKOHOLISCHES GETRÄNK AUS ZUCKERROHR

*PACHAMAMA = EIN ERDGEIST DER INDIOS

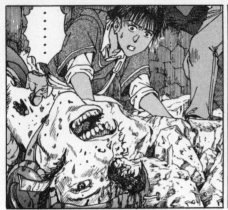

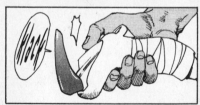

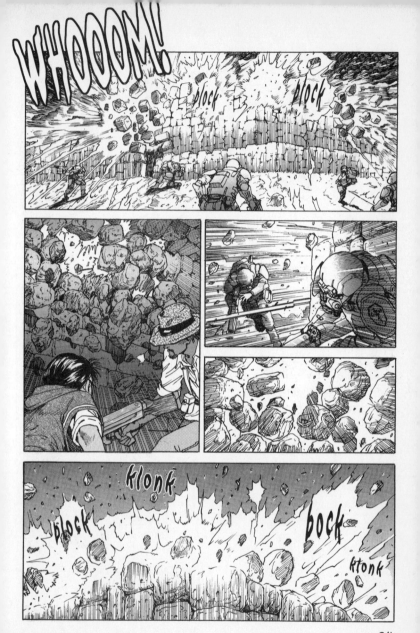

Kapitel 14 - Ende -

„Up Tight"

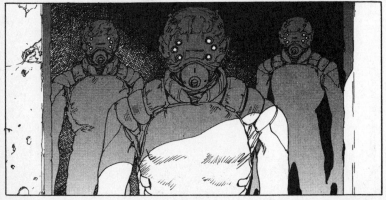

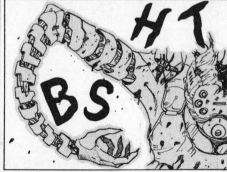

*XM-RAUCH: RAUCH, DER INFRAROT- UND OPTISCHE GERÄTE FUNKTIONSUNTÜCHTIG MACHT. EXISTIERT TATSÄCHLICH.

Kapitel 15 - Ende -

„Ich mache gerade einen Fehler"
(Teil 1)

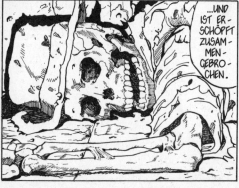

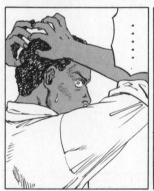

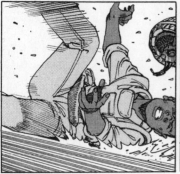

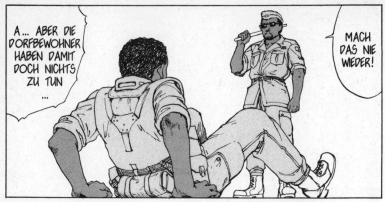

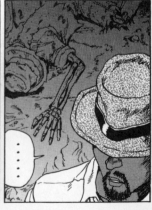

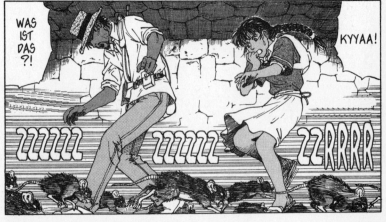

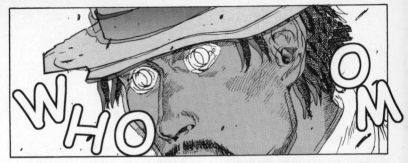

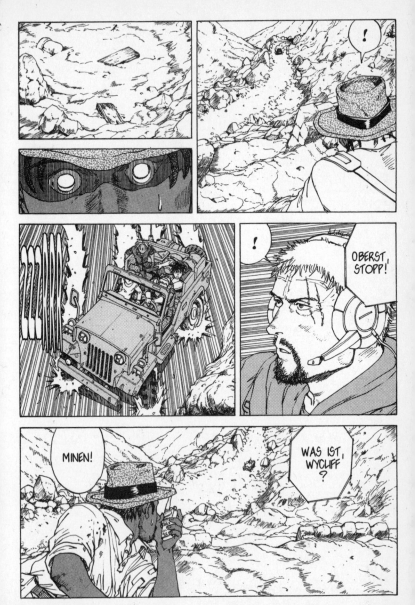

Kapitel 16 - Ende -

„Ich mache gerade einen Fehler"
(Teil 2)

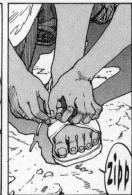

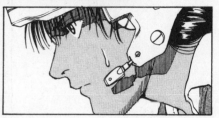

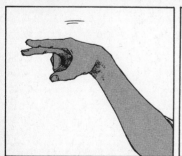

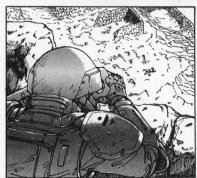

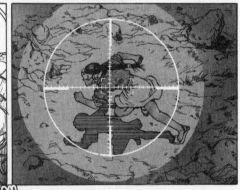

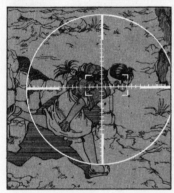

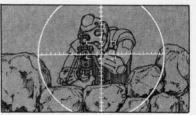

Kapitel 17 -Ende-

„Ich mache gerade einen Fehler"
(Teil 3)

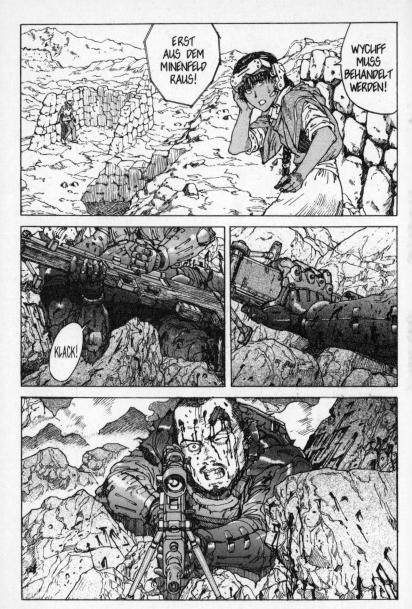

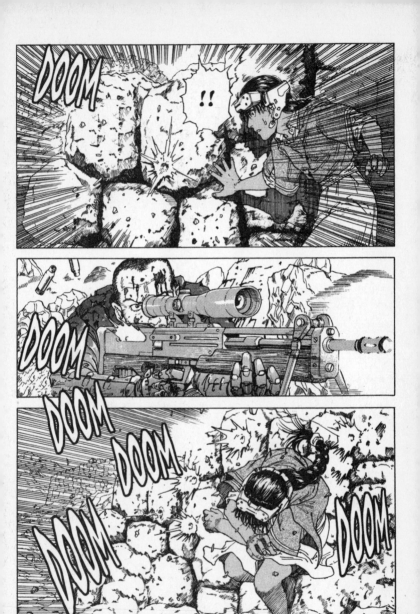

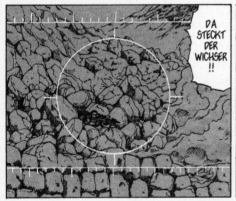

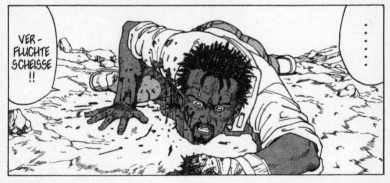

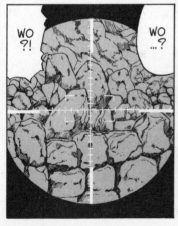

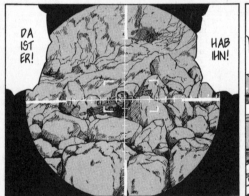

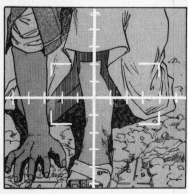
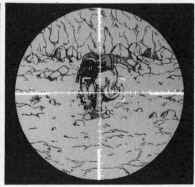

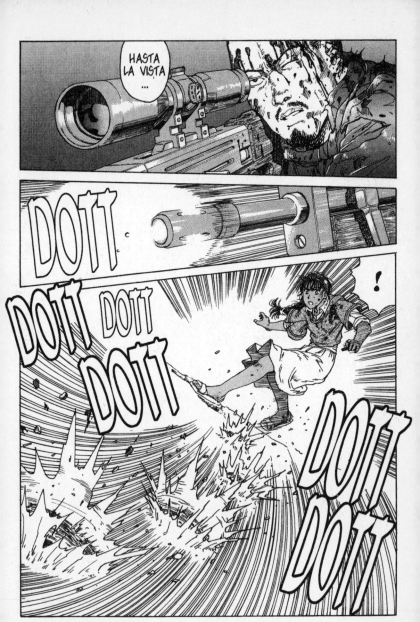

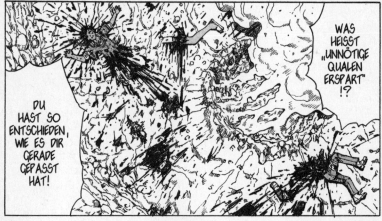

„EDEN"#3 - Ende -

EDEN

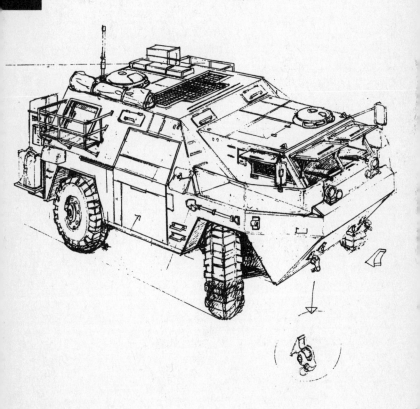

Exterior
(front view)

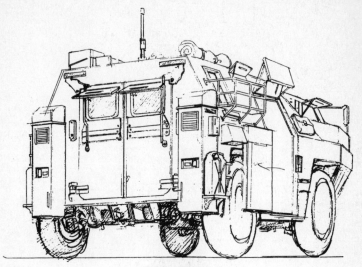

EXTERIOR
(rear view)

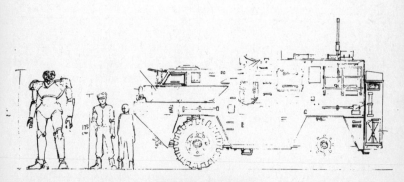

Height Balance

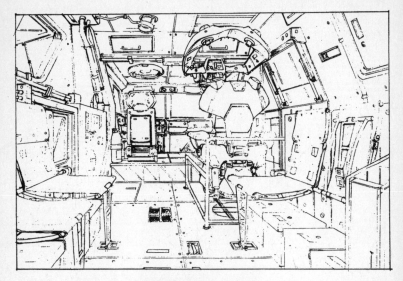

Interior (rear view)

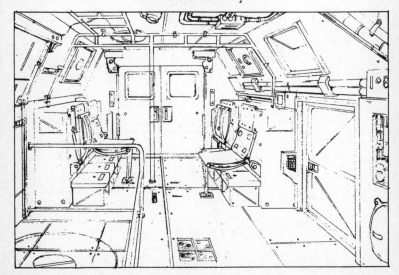

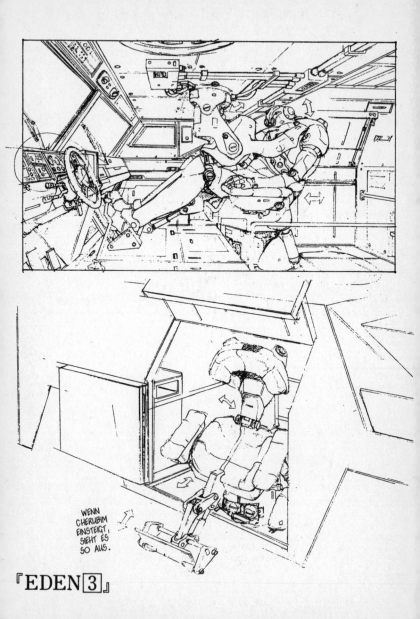

GEDANKEN EINES MANGAKA

Japan ist ein Land, in dem man alles werden kann, was man will, wenn man sich nur entsprechend anstrengt. Leider nur nach außen hin. Aber wenn man das erkennt, ist es schon zu spät.

Als Kind dachte ich, man kann alles werden. Aber als 14-jähriger dachte ich: vielleicht wäre es ideal, als Erwachsener „nichts zu tun". Alles schien so sinnlos und es gab nichts, wofür man sich begeistern konnte. Ich hatte das Gefühl, als würde man mir die ganze Zeit einbläuen: „Du kannst doch sowieso nichts". Obwohl mir das eigentlich gar keiner explizit gesagt hatte.

Die Schule hätte ich nicht besuchen brauchen (die Uni war aber lustig). Dann hätte ich es viel eher bemerkt. Denn, was man als Kind wirklich mag, mag man in jedem Alter. Es ist schon seltsam, dass man meistens Angst hat, alleine zu sein. Denn die Zukunft ändert sich genau durch die Zeit, die man allein verbringt.

Hiroki Endo,
6. April 1999

1. Auflage
EGMONT MANGA & ANIME
Wallstraße 59, 10179 Berlin
Übersetzung aus dem Japanischen: Ute Jun Maaz
Verlagsleitung: Georg F.W. Tempel
Redaktion: Steffen Hautog, Hans J. Hetterling
Lettering: Horus und Kirsten Mischok-Odenthal
Gestaltung: Claudia V. Villhauer
Koordination: Andrea Reule
Buchherstellung: Uwe Oertel
Originaltitel: „Eden Vol.3"
©1999 by Hiroki Endo. All rights reserved.
First published in Japan in 1999 by Kodansha Ltd., Tokyo.
German publication rights arranged through Kodansha Ltd.
© der deutschen Ausgabe EGMONT MANGA & ANIME EUROPE GMBH, Berlin 2001
Druck und Verarbeitung: Nørhaven A/S, Dänemark
ISBN 3-89885-101-X

http://www.MangaNet.de

Sutoppu!

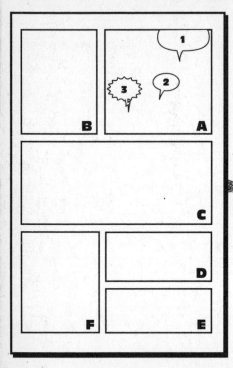

Koko wa kono manga no owari dayo. Hantaigawa kara yomihajimete ne! Dewa omatase shimashita! „EDEN" no hajimari hajimari!

Manga Chiimu

Stopp!

Das ist der Schluss des Mangas. Fangt bitte am anderen Ende an! Und nun genug der Vorrede, jetzt geht's los mit EDEN!

Euer Manga Team